KB269565

내 영혼의 노래

내 영혼의 노래

ⓒ 정수연, 2025

초판 1쇄 발행 2025년 12월 10일

지은이   정수연
펴낸이   이기봉
편집   좋은땅 편집팀
펴낸곳   도서출판 좋은땅
주소   서울특별시 마포구 양화로12길 26 지월드빌딩 (서교동 395-7)
전화   02)374-8616~7
팩스   02)374-8614
이메일   gworldbook@naver.com
홈페이지   www.g-world.co.kr

ISBN   979-11-388-5040-7 (03810)

• 시와 함께 영혼을 어루만지고, 희망의 빛을 나누다 •

내 영혼의 노래

정수연 지음

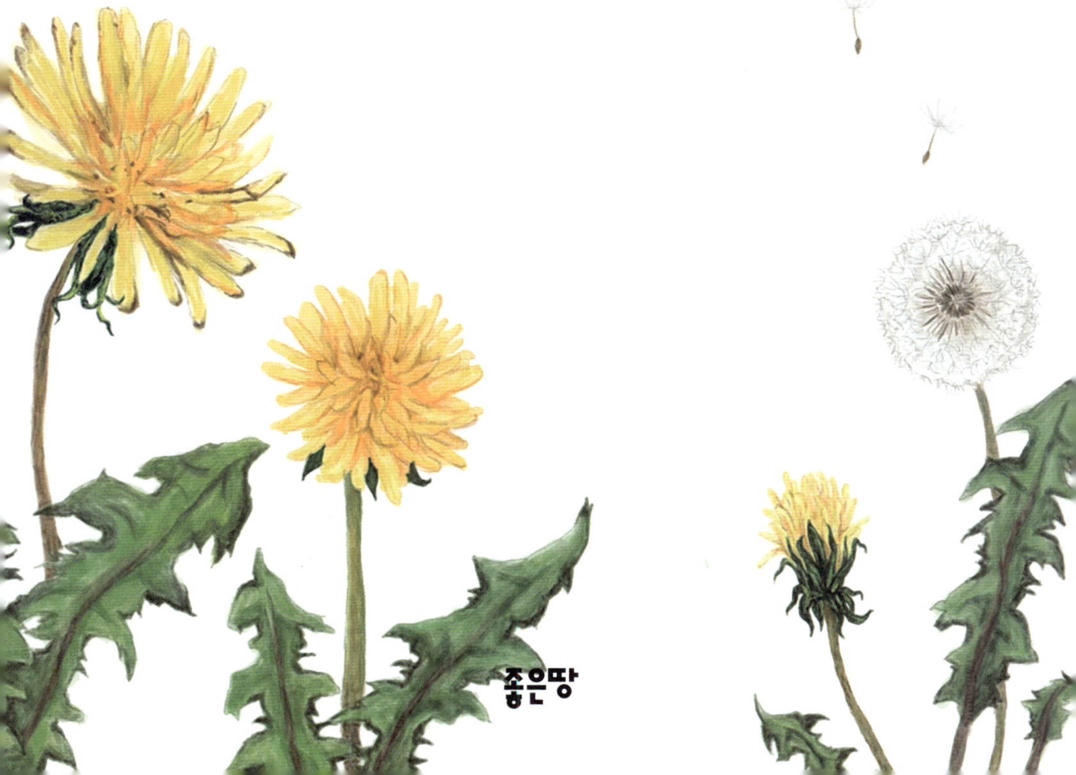

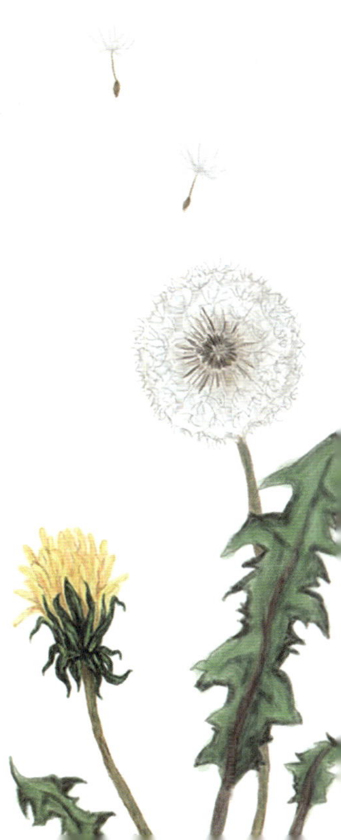

좋은땅

이 책은 제 시를 만나 주신 모든 이들에게
드리는 작은 기도의 노래입니다.
삶의 무게 속에서도 잠시 멈추어 마음을 쉬게 하고,
영혼을 어루만지는 빛이 되기를 바랍니다.

목차

5부

희망과 평화

1부

사랑과 생명

엄마가 널 기다리며

내 아가, 보이니?
밤하늘 가득한 별빛 축제가

쏟아질 듯 반짝이는
저 별처럼 너의 눈도 닮기를 염원한다.

내 아가 들리니?
산사를 깨우는 산새 소리와
바람 소리 빗소리
스님의 목탁과 독경 소리가

자연의 아름다움과 진리의 가르침을
네가 잊지 않기를 기도한다.

내 아가, 느껴지니?
산사를 감도는 소나무 향기가
얼마나 그윽한지
세상엔 아름다운 향기들이 많기도 많단다.

엄마가 널 얼마나 사랑하는지
널 기다리며
엄만 오늘도 새벽 예불을 위해
법당을 향한다.

아가! 세상을 사랑하며 자연을 사랑하는
착한 사람으로 자라거라.

어린 시절

나는 땅따먹기 선수다
모래판에 그려진 작은 원

꼬맹이 돌을 튕길 때마다
내 땅이 커져만 간다.

조그만 입술 사이로 흘러나오는
노랫말들

땅도, 땅도 내 땅이다
조선 땅이 내 땅이고
만주도 내 땅이다.
지구도 내 땅이고 우주도 내 땅일세!

땅 한 평 없는 9살의 소녀
마음은 우주를 품은 세상의 제일 부자.

내일도 코흘리개 꼬마 소녀의 꿈은

모래판에 그려진다.

내가 사랑하는 것들

주여! 그대를 사랑합니다.

당신이 창조한 우주 만물의 세계가 저를 벅차오르게 합니다.

그대여! 나는 나를 사랑합니다.

무한한 우주 속에 또 하나의 작은 우주인 내가 얼마나

큰 존재인가를 알게 되어 행복합니다.

그대여! 나는 태양을 사랑합니다.

내 영혼이 지칠 때마다 거대한 생명력의 빛으로

나를 감싸 주시며 치유해 주시는 당신 손길이 감사합니다.

그대여 나는 하늘을 사랑합니다.

절망의 순간 저 푸른 하늘 한 번만 바라보아도 나는

내 안의 또 다른 희망을 찾습니다.

그대여 나는 이 땅을 사랑합니다.

이 땅에 뿌리 두는 모든 생명체를 탄생시키며 성장시키는

것을 볼 때마다 나 또한 살아 있음을 느낍니다.

그대여 나는 바람을 사랑합니다.
이 세상의 모든 소식을 전해 주고 또 내 소망을 온 세상에
전하는 당신은 진정한 나의 전령사입니다.

그대여 나는 자연을 사랑합니다.
내 눈 안에 담기는 모든 자연이 한 폭의 그림 되어
나의 영혼을 풍요롭게 합니다.

그대여 나는 우주를 사랑합니다.
저 드넓은 우주 속에 수놓인 별들의 향연은 나의 무한한
상상력을 일깨웁니다.

사랑

넌 아름다우면서도 잔인해!

넌 천사와 악마가 공존하는 묘한 미스테리!

그래도 난 널 위해 날 던진다.

사랑의 유혹

꽃을 바라보아야

오래감을 알면서도

꺾고 싶은 것이

인간의 욕심이고

무소유의 사랑이

끝없음을 알면서도

소유하고픈 것이

우리네 사랑이어라.

2014. 3. 30. 새벽

우리 함께 가요

가는 길이 달라도 가야 할 길 멀어도

우린 함께 정상에서 만나세

세상 모든 시름들 한 줄기 바람결 속에

우리 모두 함께 날려 버리세.

나의 친구들

바람아! 비야! 눈아!
벼락아! 천둥아! 번개야!
너희가 있어 난 세상을 향해
평화의 종을 울린다.

난 그 어떤 것도 두렵지 않다.

해야! 달아! 별아!
나에게 있어 너희는
목숨과 바꿀 수 없는
나의 전사들!

언제 어디서든 날 지키는
너희가 자랑스럽다.

나의 영원한 벗들이여!
사랑해!

마음 친구

내 마음에 자리한
짙은 멍 자욱.

너무 아파
가슴 깊이 새겼던
나만의 역사들.

파도에 밀려가는
모래처럼
어느샌가 옅어져 간다.

그녀다.
어느 날 내 가슴 문을
두드리고 들어온
그녀가
아팠던 나의 상처들을
어루만져 주며 다독이기 시작했다.

그녀에게 난 참사랑을 배웠고.
용서와 침묵을 배웠다.

그녀는 우뚝 서 있는 소나무처럼
변함없이 늘 날 바라본다.

나락으로 떨어진 날
일으켜 세우고 다시 날 수 있는
용기의 날개를 달아 주었다.

오! 나의 마음 친구.

가슴으로 품어 준 그녀의 사랑을
세상을 향해 나누고 싶다.

2014. 1. 17. 새벽 12:45

사랑한다. 너를!!

나는 저 푸른 초원을 내달리는 야생마다.

나는 저 푸른 창공을 나는 콘도르다.

나는 자유로운 영혼을 갈구하는 방랑자다.

나는 자유의 노래를 부르는 여신이다.

나는 그런 너를 사랑한다.

사랑한다! 사랑한다!

자유로운 너를 사랑한다.

2부

자연과 일상

지구야, 사랑해!

지구야, 지구야 아파하지 말아라.

지구야, 지구야 울지를 말아라.

지구야, 지구야 슬퍼하지 말아라.

지구야, 지구야 분노하지 말아라.

지구야, 지구야 격분하지 말아라.

지구야, 지구야 엄마가 왔단다.

가로수의 선물

가로수야

너의 꽃 잔치를 볼 수 있는 봄이 왔다.

네가 보여 주는 꽃 향연은

나의 삶을 희망차게 한다.

가로수야

더운 여름 쉬어 갈 수 있는

너의 그늘이 나를 여유롭게 한다.

가로수야

울긋불긋 단풍 물들이며 꽃단장하는

너의 가을에 나 또한 새 단장을 하고 싶어진다.

가로수야

너의 가지마다 드리워진 새하얀 겨울 눈꽃들이

내 마음을 순결하게 한다.

우리는 너에게 더러운 공기로 널 아프게 하는데

넌 말없이 선물을 주는구나.

너의 대가 없는 큰 사랑에

내 사랑이 한없이 작아지는구나.

상추

내가 무심코 먹던 상추
어느 날 텃밭에서 본
상추의 어린싹은
내 마음을 훔쳤다.

기지개 켜듯
땅속을 뚫고 나온
조그만 새싹은 행운을 약속하는
클로버였다.

깜찍하고 앙증맞은
새싹의 귀여움은
내 아이들의
어릴 적 아기의 모습이었다.

아!
이렇듯 모든 만물의 처음은
날 가슴 설레게 한다.

사탕 한 알

나는야
작업자의 안전을 책임지는
안전 지킴이

삼엄한
청정위규 속에
스리슬쩍 몰래 건넨
사탕 한 알.

입안에서 살살 녹는
달달구리 사탕 맛에

하루의 고단함이
햇살 아래 눈꽃처럼
사르르 녹아든다.

초콜릿

귀 기울여 보세요.

달콤 쌉쓰름한 초콜릿 뒤에 담긴 진실.

들리나요?

고통 속에 카카오 재배하는 농민들의 탄식과

노예처럼 일하는 아이들의 울음소리가!

2001년 4월 7일 세계 공정무역의 날!

기억하세요.

공정무역 장려하여

하루 세 끼 밥 먹게 하고

아플 때 치료받게 하고

도시 빈민으로 전락하지 않고

마약 작물 재배하지 않고

어린이들이 노예 노동에 동원되지 않게

그들에게 자립할 수 있는 기회를 줍시다.

우리 모두가 해낼 수 있는 일입니다.

그들이 기다립니다. 자유를 위해…

* 세계 공정무역의 날 : 2001년 4월 7일에 처음으로 기념하였지만, 이후부터는 매
  년 5월의 두 번째 토요일에 기념하였다.

태국여행 중에 비행기를 타고
-고공에서 본 야경-

비행기 창 너머로

캄캄한 밤하늘이 열렸다

시간이 흐르자

반짝이던 불빛이 사라지고

칠흑 같은 어둠만 존재한다.

목적지가 다다르자

하늘 아래로 무수한 점들이 불꽃놀이 중이다.

세상에!

땅 위에서 반짝이는 불빛 군대들이

밤하늘에 수놓은 별자리 같다

오! 너무나 아름답다

모든 길이 열렸다

하늘길 열렸다

내가 난다 내가 난다

낙하산 타고

바닷길 열렸다

내가 뜬다. 내가 뜬다.

어푸어푸 헤엄치며

육지길 열렸다

내가 간다. 내가 간다.

이 발 저 발 내디디며

세상길 다 열렸다

우리는 어디든지 향한다.

얼마나 행복한가?

3부

분노와 용기

분노

내 마음은 활화산이요.
나와 세상을 태워 버릴 듯
불을 뿜어내는구려.

이 화나는 마음
어디다 버리리까?

그러나
활화산보다 사화산으로
살고 싶소.

그래야 내 남은 명줄
오래 오래 이어 가지.

재가 되기엔 아직 너무나 젊지 않소.

절망의 뜨락에서 희망의 빛으로

그들은 나의 영혼을 무참히 짓밟았다.

절망의 나락 속에서 벗어날 수 없게 선제공격했다.

나의 날개는 꺾였고,

처절한 몸부림만 남았다.

어디선가 빛줄기가 나를 감싼다.

태양이다.

그가 말한다.

다시 도약하라고,

지지 말라고,

날개를 다시 펼치라고.

화염 속에서 타오르는 불사조처럼

나는 마지막 날갯짓을 한다.

꺾이고 찢겼던 날개를 조금씩 퍼득인다.

절망 속에서 희망을 향해

빛을 향해 점점 크게,

점점 빠르게,

나는 수렁 속에서 다시 힘차게 날아올랐다.

저 넓은 창공 속으로

내 영혼의 자유를 위해 나는 힘차게 비행 중이다.

좌초당했던 꿈을 향해!!

이것이 진정한 복수다.

노란 민들레

태양처럼 눈부신 민들레야

난 너의 그 강인한 생명력을 닮고 싶다.

어떤 척박한 환경 속에서도 뿌리를 내리는

너의 용기가 날 가슴 뛰게 한다.

널 보며 나는 배운다.

어떤 절망도 뛰어넘을 거라고

온 세상을 향해 날아가는

너의 자유로운 생명 탄생처럼

나 또한 세상을 향해

자유와 평화의 북을 울리고 싶구나.

야생마

난
말을 사랑하는 영혼

널 보며 널 타며
너와 함께 내달리며
나의 귓가를 가르는 바람을 통해
진정한 자유를 깨달았다.

자유! 내 영혼의 자유!
너와 내가 하나 된 이 순간
네가 신화 속의 페가수스처럼
날개를 퍼득이며
저 하늘을 날 수 있길 바란다.

너와 내가 이 세상을 자유롭게
여행할 수 있기를 바라며
잠시 너와 나는 날 상상한다.

너의 거친 숨결이

나의 심장을 불태운다.

너의 리드미컬한 근육의 움직임들이

잠자던 나의 욕망을 꿈틀대게 한다.

사랑한다. 너의 모든 것들!

4부

성찰과 깨달음

끈

우리 내 삶
끈으로 묶여 아웅다웅

실타래 풀듯
하나하나 풀고 보니
남은 게 하나도 없더라.

우리 삶
내려놓고 가야 할 때 보니
빈손이더라.

아웅다웅하기보다 서로 함께하고 싶구나!

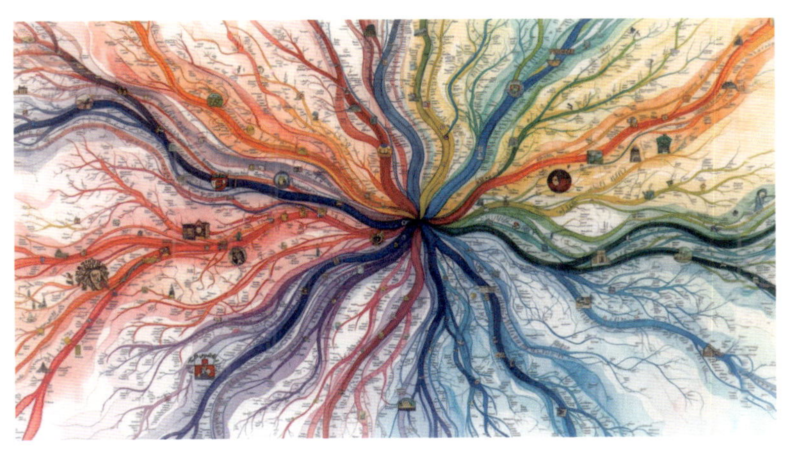

무상하다

튤립 다섯 송이 유리컵에 꽂았다.
막내가 엎질러 꽃이 시든다.
다시 물을 부었더니 살아났다.
3일이 지나 아름다운 꽃은 시들었다.

서글프다.

우리네 인생이 아니잖은가?
왔다가 가야 하는 덧없는 인생.
나그네처럼 떠돌다 가는 한 편의 영화.
나면 멸하는 불생불멸
눈물 난다.
사는 동안 후회 없이 살자
눈감을 때 '아 나는 아름다운 삶을 살았노라'
고백하고 떠날 수 있게
찰나, 찰나 열심히 살자.

나 또한 그대 또한.

2012. 2. 새벽 기도 중

도둑 같은 세월

오메 징한 도둑놈
내 세월 다 잡아먹어 버렸어.

눈물 돈다. 눈물 돈다.

벌써 불혹이 다가오는구먼.
말이나 하고 지나가지.

어쩔쓰까나, 어쩔쓰까나.
지나 버린 내 인생

잡을라, 잡을라 해도
잡히지 않는구려.

남은 세월은 도둑맞지 말아야제.
암만 두 눈 크게 뜨고 지켜 써야제.

인생 지도

우리는 각자의 삶의 지도를 그린다.

목적지가 있든 없든!

이왕이면 목적지가 있는 지도를 그리고 싶다.

매 순간 순간 삶의 선택 속에 지도 속의 시냅스가
커져 간다.

내 선택이 옳든 그르든 내 삶의 지도는 그려진다.

인생의 종착지를 향해
우리 모두는 그곳을 향해
열심히 달린다.

인생

인생엔 답이 없다.

살아보면 어떤 이는 끝없는 실망과 좌절을 안겨 주고

아픔을 던져 주기 마련이다.

살다 보면 어떤 이는 영원한 사랑과 희망 꿈을

얘기하며 행복을 선물하곤 한다.

그것이 삶이다.

각자가 선택하며 살아가는 것이 인생이다.

2012. 8. 31. 화요일 아침 운동 후.

죽음

그녀가 갔다.
내 옆 침대에 있던
작고 아담한 50대 아줌마

병명은 췌장암 말기
자식을 낳고도 키우지 못한 아줌마
자식이 병 수발을 들지만
세월의 흔적이 그 병을 키웠으리라
사랑하는 자식을 품어 키울 수 없는 고통
그게 화근이었으리라.

그녀가 힘들어한다.
차가운 산소 호흡기가 그녀의 입을 막고 있다.
저 순간 그녀는 무슨 생각을 할까?
내 눈에 눈물이 흘렀다.

재밌는 그녀였는데
마지막 순간

그녀의 얼굴이 뒤틀리고 있었다.

저것이 죽음의 마지막이란 말인가?

결국 그녀는 고통 속에 인생을 마감했다.

두렵다. 저것이 죽음이란 말인가?

무섭다.

나는 내 얼굴이 평화로운 모습으로 떠나고 싶다.

주여 도와주소서!

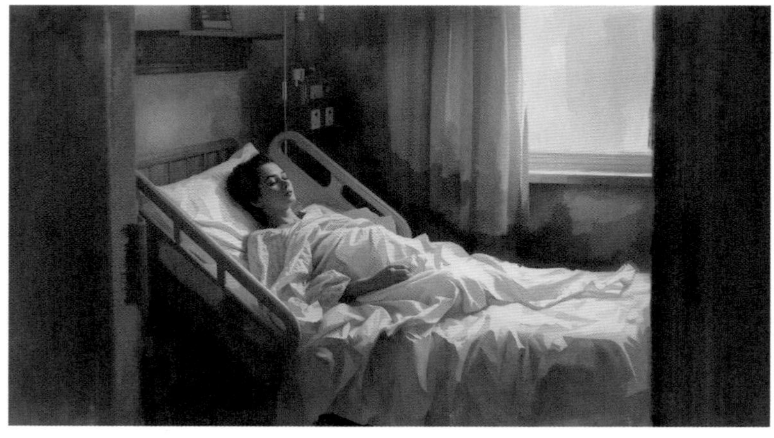

자아 발견

난 사랑이야!
세상과 사랑하고 사랑받고 싶어
사랑 노래를 울린다.

난 용서야!
세상을 용서하고 용서받고 싶어
용서의 노래를 부른다.

난 평화야!
전쟁 없는 세상에 살고 싶어
평화의 노래를 전한다.

사랑, 용서, 평화
나의 자아들
변치 않고 영원하라!!!

  내 영혼의 노래

위하여

이 한 몸 죽고 보니
한 줌의 흙이 되어
산천초목 거름 되고
만물을 살리더라.

내가 네가 되고
네가 내가 되는

우리네 마지막
이타의 삶이더라.

돌고 도는 것이
세상 이치더라.

살고 보니
우리는 서로를 위하여
살고 있더라.

죽음은

또 다른

삶의 처음이더라.

종교

기독교는 나에게 믿음을 자라게 했으며
불교는 내 안의 나를 찾게 해 주었고
천주교는 나에게 용서를 가르쳤다.

도대체 어느 것이 최고란 말인가?
똑같다, 똑같다. 서로 비방치 말고 화합하자.

종교는 내가 걸어온 인생 역경과 함께
나를 성숙하게 하고 지금의 나를 있게 했다.

나는 너희가 모두 좋다.

이 여자가 가는 길

난 인간이 만든 이율배반적인
종교의 틀 속에
날 가두기 싫다.

난 태초에 계셨던 그분
내 안의 하나님만 따르며

세상과 소통하며 자연을 숭배하며
이 삶을 살고 싶다.

그것이 지금껏 살며
깨달은 나의 진리다.

2012. 12. 27. 새벽

　　내 영혼의 노래

내 마음속 하나님

하나님 당신은 무형의 에너지
당신이 바로 내 안에 있다는 걸
난 알지요.

난 당신과 소통하며
이 세상이 평화롭기를 꿈꿉니다.

대우주의 섭리 속에
내 안의 에너지 - 소우주

함께 돌며
내 안의 당신의 잠재력을 깨웁니다.

통회의 기도

교통사고!
나에게 고통의 흔적을 남겼네.

원인 모를 목 경련
육체에 영혼마저 병드네.

병원에 딸린 교회당
영안실을 지나야 갈 수 있는 성소.
나는 맹세하네. 하나님께 맡기자고.

밤 12시.
으스스하고 무서운 영안실 복도를
뚜벅뚜벅.
내 발걸음 소리가 적막을 깨우고
소름 돋게 하네.

아무도 없는 하나님 기도 도량
캄캄하고 조용하고 날 안아 주네.

울부짖음으로 시작되는 나의 기도,

끝없는 눈물과 쏟아지는 통회의 고백들.

아실까? 아실 거야 그럴 거야.

내 입술에서 터지는 아름다운 언어들.

이름하여 나는 우주 말이라 명명하네.

오늘도 내일도 나의 기도는 계속된다네.

5부

희망과 평화

살겠습니다

바람 불면 바람 부는 대로
살겠습니다.

비 오면 비 오는 대로
살겠습니다.

눈 오면 눈 오는 대로
살겠습니다.

죽는 날까지
자연에 순응하며
자연의 가르침대로
이내 한 몸 닦아 가며
살겠습니다.

2024. 7. 9. 새벽 4:20

태양

태양은 희망의 불꽃이다.

태양은 이글거리며 불꽃 춤을 춘다.

태양은 만물을 소생시킨다.

온 세상을 향해 불태우는 너의 몸짓에

난 감히 고개가 저절로 숙여진다.

그런 널 난 사랑하고 찬양하며 숭배한다.

넌 나의 몸과 마음을 치유하는 soul doctor다.

해바라기

난 태양을 사랑하는 꽃
너의 폭발적인 생명 창조의 에너지를 닮고 싶다.

난 너에게 다가가기 위해
오늘도 조금씩 키를 키운다.

우리는 너의 열렬한 지지자
친구들과 난 황금물결 일렁이며 널 찬양한다.

사랑한다! 사랑한다!

우리의 몸짓을 넌 아니?

난 욕심꾸러기 꽃
네가 나만 비췄음 좋겠다.
아주, 아주 간절히!

그러나…

넌 바다같이 넓은 어머니의 사랑.

난 널 이해해!

널 너무 사랑하니까.

난 영원한 짝사랑의 메아리!

오늘도 난 널 향해 태양 춤을 춘다.

2015. 4. 2. 새벽 4:30

나의 꿈

내 꿈은 영성 운동가다.
세상 모든 영혼의 영성을 깨우고 싶다네.

내 꿈은 환경 운동가다.
병들은 지구를 살리고 싶다네.

내 꿈은 사회 운동가다.
세상의 부조리를 끊고 싶다네.

내 꿈은 자선 사업가다.
세상의 가난을 사라지게 하고 싶다네.

내 꿈은 인권운동가다.
생명권에 위협받는 고통 받는 이들을 구해 주고 싶다네.

꿈이여! 이루어져라.

내가 원하는 세상

-나의 소망-

지구는, 지구는 둥글다. 지구는, 지구는 둥글다.

왜 둥글까? 왜 둥글까? 왜 둥글까? 왜 둥글까?

하나 되어 만나라고 지구는 둥글지 지구는 둥글지

전쟁과 폭력과 폭력과 전쟁과 기아가 없는 지구

기아가 없는 지구 살기 좋은 지구를 만들어 보세

쾌지나 칭칭나네 쾌지나 칭칭나네

쾌지나 칭칭나네 쾌지나 칭칭나네

살기 좋은 지구를 만들어 보세.

승리의 날!

양심아! 욕심을 이겨라!

양심 따라 살면 내 마음은
하나님의 세계에 살고

욕심 따라 살면 내 마음은
악마의 세계에 산다.

우리는 어느 길 위에 서야 하오리까?

나에게 되묻고 되묻나니

우리는 욕심이라는 거울을 버리고
양심이라는 거울을 바라볼 제
참 우주의 진리를 바라보게 되리라.

난 여러분을 영원토록 사랑할 것입니다.

2020. 5. 27. 수요일

나의 소원

우주 창조자이신 하나님 품 안에

태양과 자연을 벗 삼아

인간으로 태어나 부처님처럼 구도자의 길을 걸으며

물처럼 바람처럼 살고 싶구나!

아! 이름하여 사이비!

"이 노래가 누군가의 마음에 작은 위로와 희망이 되기를 바랍니다.
삶의 여정 속에서 잠시라도 이 시들이 길동무가 되어 주기를 기도합
니다."